LE TABAC,

EPITRE

DE

ZERLINDE

A

MARIANNE.

A GENEVE,

& fe trouve A PARIS,

Chez DELALAIN, Libraire, rue S. Jacques.

Et chez VALADE, Libraire, rue de la Parcheminerie, Maifon de M. Grangé.

M. DCC LXIX.

OBSERVATION
Sur le Tabac.

JE ne sçais quel homme a pris soin le premier de le cultiver, ni quelle obligation la médecine lui doit ; mais je sçais que par rapport au sexe que j'aime, & à qui il nuit, je déteste son invention. Que nos ports n'ont-ils toujours été fermés à cette espéce de peste qu'on renferme avec tant de soin dans des précieuses boëtes d'or ! En changeant l'odeur des roses de la bouche de jolies femmes, quel ravage plus affreux peut-il faire sur ces objets si chéris ! Comment pourroit-on voir avec plaisir dans leurs mains ces vases plus mal propres que la matiere dont on les travaille, sortant du sein fangeux de la terre ? Il faut, je l'avoue, aimer bien le tabac pour supporter

ce petit goût défagréable qu'exhale l'haleine
douce d'une femme, ce qui rebute même ceux
qui en prennent. Toutes nous diront, que
c'eft par ton, par maniere; fi elles aiment à
livrer leurs ames aux erreurs, que ces erreurs
enfantent des plaifirs; qu'elles s'imaginent,
par exemple, trouver la vraie félicité dans
les bras de l'amour, & qu'elles s'y précipi-
tent, mais qu'elles ne s'en éloignent pas en
les cherchant; à parler fincérement, elles
nous font fuir en cherchant à nous plaire.

Je le regarde dans une demoifelle comme
la fuite d'une mauvaife éducation, & fouvent
l'écueil de fa fageffe, parce qu'il rend les
jeunes gens qui l'approchent trop familiers,
en donnant jour à des offres réciproques.
Si parmi eux, il en eft un qui déclare fon
amour, il ouvrira en même tems fon cœur
à l'indifférence; il faut que le fexe fe faffe
refpecter. Il tiennent toujours notre cœur

à l'affaut, en lui montrant de loin la victoire, pour ne pas le dégoûter. Cette po-
litique ingénieufe, eft la mere de toutes les
graces, facine nos yeux & notre cœur.

Que la coquette qui en prend s'entend
mal à féduire tous les cœurs! Qu'elle enra-
geroit fi fon amour-propre fe doutoit que
c'eft de fi peu de chofe fouvent qu'elle
manque tant de victoires!

Que le Tabac ferve d'amufement à nos
bonnes vieilles, qu'il les récrée & les dé-
fennuye, je leur pafferai d'autant volontiers
ce caprice qu'il ne leur fera aucun tort. Plus
d'amans qui viennent à leurs genoux leur of-
frir le tribut de leûrs cœurs, & fe mettre
fous leur capricieux empire ; tous fuyent
devant leur rides, fille infortunée de l'ou-
trage des ans, fans fonger fi quelque mauvaife habitude ne détruit pas en elles le refte
de leurs agrémens, ils les laiffent enfevelis

A iv

fous les débris de la nature, & penfe à ce fujet comme un jardinier fur fon jardin. Ce dernier ne s'occupe plus à arrêter le ravage qu'y fait la taupe, quand il voit un torrent l'innonder.

Mais que la jeuneffe qui plaît par elle-même, & la beauté encore plus intéreffante, & fur qui tous les yeux font avidemment ouverts, que ces deux graces confervent tous les dons fi précieux qu'elles on reçu de la nature. On voit fans peine le vent accélérer la chûte d'une feuille appéfantie par la glace des hyvers. Mais on ne peut pas voir de même qu'un foufle mortel, ou qu'une vermine deftructive environnent un jeune arbriffeau couvert de fleurs. Chacun fait des vœux pour garantir cet ornement de nos campagnes. Que plutôt, difons - nous, toutes les richeffes de la terre & du firmament, l'embelliffent, & que le jour, pour

faire briller à nos yeux ſes attraits, ſe dé-
robe long-tems aux tenébreuſes forêts du
couchant. Le ſexe eſt-il aux yeux de l'amour
moins intéreſſant ? L'un ne ſatisfait que
nos yeux & l'autre eſt la douce volupté
de nos ames. Que tous les amants s'ac-
cordent à détourner leurs amantes d'un
caprice ſi dégoûtant.

EXPLICATION

De la Vignette.

ELLE repréſente une chambre éclairée d'une lumiere placée ſur une table à gauche dans le fond, à droite, on voit Marianne aſſiſe ſur un ſopha, eſſuyer les yeux de ſon Amant; ce dernier dans une ſituation tendre, s'abandonne aux fantaiſies amou-reuſes de ſon Amante.

n. Stanconnotte.

LE TABAC,

EPITRE

DE ZERLINDE

A MARIANNE.

CROYEZ-MOI, Marianne, il n'eft rien fur la terre

Qui convienne fi mal, à celle qui veut plaire,

Qu'un nez qui s'habitue à prendre du Tabac :

Ce petit trait, chez vous, fi beau, fi délicat,

B

Dont je fuis amoureux, vous voulez qu'il groffiffe,

Non, je ne puis fouffrir qu'un poifon le flétriffe.

Ah ! que ce foit plutôt les baifers de l'amour,

Que fur ce bel yvoire ils volent tour à tour.

Attendez que le tems ait effacé vos charmes,

Pour ofer affoiblir vos plus puiffantes armes,

Ne négligez jamais aucun de vos appas,

Sans eux, on a beau faire, on ne nous touche pas.

Les lys ne fe font pas périr dans la prairie ;

Si la rofe fe féche après qu'elle eft fleurie,

Pendant qu'elle a fon tein & fa vive couleur,

Pendant que la faifon lui laiffe fa fraîcheur

Elle fçait profiter du tems de fa jeuneffe ;

La violette enfin, jufques-à fa vieilleffe,

S'çait conferver l'éclat de fon fein velouté ;

Et fe parer toujours de fa triple beauté.

Comme eux embelliffez d'une noble parure,

Les charmes que fur vous prodigua la nature.

QUE le fexe entend mal fes propres intérêts !

Lui même fe ravit tous fes plus beaux attraits !

Pleins de Tabac, les doigts de fa main potelée,
Peut ternit de fon fein la blancheur dévoilée,
Et brouillent de fa peau l'azur & le fatin,
On n'y refpire plus & le myrthe & le thin,
Jufqu'aux tendres foupirs en reffentent l'atteinte.

Ce fexe fi charmant, on l'aborde avec crainte;
Car malgré tous fes foins, malgré fa propreté,
Nous aurions, près de lui, l'odorat infecté.
Delà, n'en doutons plus, la trifte indifférence,
Que l'amant pour l'amante, a même en fa préfence:
Parmi tous fes difcours plus de langage doux,
Il s'arrête, en voulant tomber à fes genoux.
Tel le froid mortifie une fleur trop précoce,
Il n'a plus de l'amour qu'une apparence fauffe,
Le charme de fes yeux, tendre enfant de l'erreur,
Expofe fon amante en un jour moins flatteur,
Et ne lui montre plus fes graces fi piquantes.
L'ennui vient dévorer ces filles éloquentes,
La ftérile langueur (dans fon plus bel atour),
Barbouille tout entier le tableau de l'amour,

B ij

Des diamans de son front l'élégante lumiere
Né produit plus l'effet de sa beauté premiere·

Ce sexe aime nos feux, c'est lui qui les éteint,
Ah ! voyez-moi plutôt vous couvrir de jasmin,
Courber de l'oranger les fleurs voluptueuses,
En faire près de vous des couches amoureuses ;
Et n'infectons jamais le Temple de l'Amour,
Au Tabac pour toujours renonçons tour à tour:
Si tous le haïssaient comme je le déteste,
Aux épouses on pourrait l'ordonner au digeste;
Et l'on verrait bientôt les femmes de Paris,
Garder enfin la foi jurée à leurs maris.

Comme un nouvel Arnaud, suivant une autre Ar-
mide,
Je puis étudier le penchant qui vous guide ;
Mais quand vous me verriez dans mes douces ardeurs,
Confondre votre haleine avec celle des fleurs,
Et quand je me plairais à la fleurer de même,
Il faudrait m'éloigner du tendre objet que j'aime ;

Il faudrait voir de loin l'éclat de vos appas;
Voulez-vous m'arracher vous-même de vos bras ?
Ah! faites-moi jouir de mon bonheur extrême,
Et ne m'oppofez pas la nature elle-même.

DANS les vôtres, mes yeux font prêts à s'enflâmer,
Se verraient-ils, par vous, contraints de fe fermer ?
Ne leur raviffez pas une image fi tendre,
Marianne à mes vœux confentez à vous rendre:
Si l'amour dans nos cœurs commande à la raifon,
La répugnance fait à l'amour la leçon:
Et l'on verra la terre où Flore fe déploye,
Dérober à fon fruit les larmes de fa joye,
Avant qu'on puiffe, en moi, fuŕmonter ce dégoût,
Que dis-je, avec l'amour on vient à bout de tout:
Vos charmes font déja garants de ma victoire;
A vivre fous vos loix j'attacherai ma gloire.
Mais, hélas! pourrez-vous en recueillir le fruit,
Si je m'arrache aux lieux où l'amour me conduit ?

EN vous ouvrant mon cœur, aimable Marianne,
Je ne dois pas penſer que l'amour me condamne:
Ce cœur, en héſitant, plus ſûrement ſe rend,
Et ſur moi, votre empire en demeure plus grand:
N'exaucerez-vous point une juſte priére?
Mais quel eſt le ſerment que vous venez de faire?
Ne m'abuſai-je point? M'aimeriez-vous aſſez?
Et d'un maudit caprice...... Oui, vous y renoncez.
Mon amour me devient un retour néceſſaire,
Je ne ſongerai plus déſormais qu'à vous plaire,
Mes déſirs & mes vœux ſont tout-à-fait remplis.
Reprenez donc l'éclat des roſes & des lys:
De même que l'on voit Flore odoriférente,
(Quand l'ombre fuit devant l'aurore éteincelante),
Retrouver ſes couleurs & ſon bel incarnat,
Tout flâte mon penchant & rien ne le combat,
Je ſaiſis votre main, & déja je la preſſe
D'amoureuſes douceurs mélangent ma tendreſſe;
Le gage de l'amour dans notre heureux loiſir,
Séche mes yeux baignés des larmes de plaiſir,

Vous les éclaircissez par cette aimable peine,

Comme un miroir terni par votre douce haleine.

Venez-y retrouver votre image & vos traits,

Et que le tendre Amour les y grave à jamais.